親愛的鼠迷朋友，
　　歡迎來到老鼠世界！

謝利連摩・史提頓

Geronimo Stilton

《鼠民公報》
辦公室

謝利連摩・史提頓

菲

賴皮

班哲文

老鼠記者

黑暗鼠黑夜呼救
NON MI LASCIARE, TENEBROSA!

作者：Geronimo Stilton　謝利連摩・史提頓
譯者：王建全
責任編輯：吳金
中文版美術設計：羅益珠
封面繪圖：Giuseppe Ferrario
插圖繪畫：Danilo Barozzi, Giulia Zaffaroni
內文設計：Yuko Egusa
出　　版：新雅文化事業有限公司
　　　　　香港筲箕灣耀興道3號東匯廣場9樓
　　　　　營銷部電話：（852）2562 0161
　　　　　客戶服務部電話：（852）2976 6559
　　　　　傳真：（852）2597 4003
　　　　　網址：http://www.sunya.com.hk
　　　　　電郵：marketing@sunya.com.hk
發　　行：香港聯合書刊物流有限公司
　　　　　地址：香港新界大埔汀麗路36號中華商務印刷大廈3字樓
　　　　　電話：（852）2150 2100　傳真：（852）2407 3062
　　　　　電郵：info@suplogistics.com.hk
印　　刷：C & C Offset Printing Co., Ltd.
　　　　　香港新界大埔汀麗路36號
版　　次：二〇一一年四月初版
　　　　　10 9 8 7 6 5 4 3 2 1
版權所有 • 不准翻印
全球中文版版權由Edizioni Piemme 授予
http://www.geronimostilton.com
Based on an original idea by Elisabetta Dami.

老鼠記者 Geronimo Stilton

黑暗鼠黑夜呼救

謝利連摩・史提頓
Geronimo Stilton

新雅文化事業有限公司
www.sunya.com.hk

目錄

你們喜歡驚喜嗎？	9
誰在叫我「小乖乖」？	10
不，一切都不好！	16
木乃伊香料！	18
事情是這樣開始的，就是這樣……	24
黑暗鼠家族需要幫助！	26
骷髏城堡的黃昏	30
散發着臭氣的鮮花，帶毒的莖刺， 　　還有飢餓的昆蟲	38
奇怪的黑暗鼠家族的奇怪城堡	50
小乖乖，家人們正等着你呢！	53
百味燉肉……太討厭啦！	62
維佩麗亞・毒蛇鼠的神秘協議	67
一個真正的黑暗鼠家族成員是 　　絕對不會出賣骷髏城堡的！	71
骷髏城堡的黃金	77

除非你們從我們的木乃伊
　　屍體上踩過去！　　　　　80
水泥萬歲！　　　　　　　　86
拔掉鬍子的一千種方法　　　90
親愛的日記……　　　　　　96
你可以早點跟我說的，謝利連摩！　104
驚喜在這兒呢！　　　　　　113

多愁 · 黑暗鼠

謝利連摩的女鼠朋友

殯葬 · 黑暗鼠

多愁的爸爸

炆燉鼠

黑暗鼠家族的廚師

維佩麗亞 · 毒蛇鼠

毒蛇鼠家族的女公爵

你們喜歡驚喜嗎?

你們喜歡 **驚喜** 嗎?

喜歡?真的嗎?

那好吧,親愛的鼠民朋友們,我向你們宣布⋯⋯

這個故事跟其他的都不一樣!

這是一次結尾讓鼠非常 **驚喜** 的歷險。

如果你們擁有強烈的激情⋯⋯那就接着讀下去吧!

但要注意, **驚喜** 僅僅出現在最後幾頁!我不能再多說了,否則你們就都猜出來了,我不想破壞神秘感⋯⋯

祝你們閱讀愉快!

誰在叫我「小乖乖」？

那是一個秋天的下午，天陰沉沉的。

街上 **颳着** 狂風，吹走了樹上殘留的最後幾片乾樹葉，吹飛了男鼠的帽子、女鼠的雨傘。天空中烏雲密布，黑暗中不時劃過幾道閃電……

我跑進鼠民公報大樓我的辦公室裏，由於感到很 **冷**，我便翻起外套的衣領，並給自己泡了一杯 **熱** 茶。

哦！對不起，我還沒有自我介紹呢：我叫史提頓，*謝利連摩·史提頓*。

我經營着《**鼠民公報**》，老鼠島上最有名氣的報紙！

我剛剛說到，我呆在辦公室裏喝着一杯熱茶，並在辦公桌的抽屜裏翻來翻去，想找些吃的東西⋯⋯

「忌廉夾心乳酪」

比蘭奇娜·均衡鼠

我吃了一塊，努力不去想營養專家鼠比蘭奇娜·均衡鼠博士的話——她建議我不要吃巧克力。接着，我又吃了一塊，完全忘記她一再規勸我不要吃太多巧克力時那充滿善意的甜美聲音。

那些巧克力實在是讓老鼠無法拒絕！

於是我又剝開了第三塊，

不去想我的——著名的
卡里奧·防蛀鼠會説什麼。

「這是最後一塊了……」
我對自己保證。我津津有味地
咬着**鬆脆**的巧克力，品味着那美
味的**忌廉**，突然間，就在我
的左耳邊響起一個嗦嗦的聲
音：

「你挺喜歡吃巧克力的
嘛，嗯，我的小乖乖？」

我嚇得大叫起來：

誰在說話？ 誰在說話？
誰在說話？ 誰在說話？
誰在說話？ 誰在說話？

卡里奧·防蛀鼠

我**騰地一下**站了起來，由於站得太猛，倒向了後面，一個**膝蓋**撞在辦公桌上。

我急忙要找回**平衡**，但是又不小心碰到了電話，它正好砸在我的一隻腳上，於是我只好用另一隻腳單腳**跳**起來，但是又絆在地毯上……

我的臉剛好砸在辦公桌上，鼻子**碰到**了炙熱的枱燈燈泡。

我燙得**嚎叫**一聲，向後蹦了一步，卻沒有站穩，一屁股坐在地上。

然後眼前一片漆黑，什麼也看不見了……

就在這時，在我要暈過去的一瞬間，我明白了，說話的老鼠只可能是她——多愁！

我身後響起了一個嗦嗦聲：
「小乖乖」……我嚇了一跳！

跳起來的時候我碰到了膝蓋。

我碰落了電話機，它砸
在了我的腳上。

我被地毯絆倒。

我的鼻子碰到了炙熱的台燈燈泡。

我一屁股坐在地上，
眼前一片漆黑！

不，一切都不好！

　　我醒過來之後，什麼都不記得了！

　　我看到的一切都是**白色**的。白色的天花板，白色的牆壁，我所在屋子的地板也是白色的。我躺着的牀單是白色的，醫生的白色長袍，她正嚴厲地**盯着**我看呢，還有纏在我身體上的白色繃帶⋯⋯

　　「嗯？？？牀？？？醫生？？？繃帶？？？這裏是**醫院**啊！！！」我驚呼道。

「我怎麼會在這兒呢？為什麼我從耳朵尖到爪子尖都纏着**繃帶**？我……傷得很嚴重嗎？求您了，跟我說**實話！**」

醫生沒有回答，好像很不好意思。她張開嘴巴，好像要說話，不過又馬上閉上了，**猶豫不決**。

然後她再張開嘴。再閉上。再再張開，再再閉上。再再再張開，再再再閉上。最後，她再再再再張開嘴巴，下定決心，好像要跟我說一些**重要**的事情，關乎到我的**健康**，這時候……

木乃伊香料！

　　醫生還沒來得及說一個字，一隻老鼠就插話進來。

　　一隻皮膚嬌嫩的老鼠，一隻正低頭用**溫柔而關切**的目光注視着我的老鼠，一隻塗着深紫紅色唇膏的老鼠，一隻正用她柔軟的深紫紅色嘴唇親吻我額頭的老鼠。我聞到了一股獨特的——**木乃伊香料**製成的香水味！

　　兩隻迷人的綠色**眼睛**注視着我：是她，

多愁・黑暗鼠！

　　　　　　　多愁溫柔地說：

　　　　　「**別擔心**，小乖乖，一切

都會好的！」

我抗議說：「不，一切都不好！

為什麼我會在醫院裏？？？？」

然後我記起來了：絆倒在地毯上⋯⋯辦公桌⋯⋯枱燈⋯⋯屁股⋯⋯

我大叫道：「每次碰到你都會發生一些事情，多愁。不幸的事情。非常**不幸**的事情……」

「可別這麼說，小乖乖，不要總怪我呀，你知道我可是隻感情豐富的女鼠，我會很**難過**的！我只是想給你一個小小的驚喜……」

小小的**驚喜**？

多愁的驚喜總是真正的**噩夢**！

「謝謝你的驚喜，多愁，可是下一次我可不想進醫院！這個要求並不荒唐吧，不是嗎？我們每次見面的時候，我只要不是從耳朵尖到尾巴尖都**打上石膏**，我

就心滿意足了！」

　　多愁卻板起了臉說：「你真是**忘恩負義**！我已經在這兒照顧你一整夜了……」

　　「沒錯，史提頓先生，您真的是**忘恩負義**！」醫生附和說。

　　「我原以為一位作家會**感情豐富**，沒想到……」

　　「可我真的是……」

　　「您真的應該道歉！多愁小姐一整夜都陪在您的牀邊，眼裏含着**淚水**……」

　　「我要怎麼說呢？一分鐘前我還在吃着巧克力，當我再睜開眼睛，我已經躺在醫院裏了……」

　　「**請您馬上道歉，史提頓先生！**」

醫生責備我説。「您沒意識到多愁小姐很喜歡您嗎？」

接着她衝我眨眨眼睛，繼續説：

「你們兩個為什麼不呢？」

多愁親吻着我的鬍鬚：

「是啊，小乖乖，我們為什麼不結婚呢？

醫生也這麼説了！」

我歎了口氣。

我知道多愁很喜歡我。

我也很喜歡她。

我也知道多愁一直想結婚，安定下來，有一個家，生很多小老鼠，等等等等……

但為什麼娶她的老鼠就非得是我呢？

我不肯定她就是那隻

陪伴我一生的女鼠……

你們知道我們之間的故事嗎？不知道？？？那麼我跟你們再講一遍吧。

多榖和我認識已經很多年了……

事情是這樣開始的，就是這樣……

我第一次見到多愁，她把我拖進一個墳墓裏！那其實不真的墳墓，而是她的臥室，就在一個廢棄的教堂下面。是一個著名的舞台設計師，我當時正在為一本有關萬節的書搜集材料……

她那時就說我就是她的心上鼠，開始到處跟別的老鼠說我是她的未婚夫，開始叫我做「小乖乖」！她甚至還逼着我學跳浪漫的蝙蝠華爾滋！

從那時候起多愁就開始折磨我；她總是在睡覺之前打電話給我……也就是黎明的時候！沒錯，她和她全家都是在黎明時上牀睡覺，黃昏時才起牀！

跟她在一起的時候，我總是遇到可怕的事情……比如說那一次，她開着她的殯葬開篷跑車把我拖進骷髏城堡！多麼恐怖的地方啊！

黑暗鼠家族需要幫助！

　　當我正回憶着我是怎麼認識多愁的時候，她突然對着我的耳朵**大叫**道：

　　「你知道我為什麼來找你嗎，小乖乖？我要跟你說一件**重要**的事情……」

她一下子跳上病牀，碰到了我纏着繃帶的腿，我痛得大叫一聲「哎呀！！小心我的腿！」

　　她不屑地說：「你可真是弱不禁風啊！好了，這就是我要跟你說的重要事情⋯⋯」

　　她壓低聲音：「小乖乖，你得跟我去一趟骷髏城堡！我的家族需要幫助！有老鼠想要破壞我們的城堡以及我們花園裏所有的那些極為稀有、極為美麗的植物。那些可都是瀕臨滅絕的植物啊，需要絕對的

！」

我扯直一下在辦公室裏摔倒時被燈泡燙彎的鬍鬚：

　　「我明白了，多愁，但是我是隻非常**忙**的老鼠：編輯、報紙、家庭……而且我感覺身體也不是很舒服！」

　　這個時候醫生果斷地打斷我說：「哦，用這個您就會好了，看吧，您會馬上康復的！」

　　她突然把**針筒**插在我屁股上，然後滿意地說：「好了，這樣您就沒有藉口了！」

　　這時候，多愁大哭起來，眼淚把牀單都**浸濕**了：「我需要你啊，小乖乖，你怎麼可以拒絕我呢？你是惟一能幫助我和我家族的

老鼠……我們都指望你了！」

我**歎了口氣**。多愁非常清楚如何說服我：我沒有辦法對朋友們說不……而且，沒錯，我很愛黑暗鼠家族，他們總是很**客氣**地待我（除了他們總是希望我跟多愁結婚這件事之外）。而且，**大自然**很重要，如果有珍貴的物種需要拯救的話，我怎麼可以置身事外！

骷髏城堡的黃昏

啦啦啦！

第二天，我精心打扮，要以**最好的姿態**出現在黑暗鼠家族面前。我是一個，應該說是一隻很**有教養**的老鼠，很注意自己的形象。

於是我沖了個**熱水澡**，噴了

真香啊！！！

幾滴戈爾貢左拉乳酪香精提煉的**香水**——這是我的最愛！然後我換上了精心挑選的衣服，把頭髮梳理整齊！

　　準備好之後，我就和多愁坐着她的殯
葬開篷跑車 **渦輪墓碑3000**
出發了，目標——神秘山谷中的骷
髏城堡。

　　隨着旅程的推進，周圍的景
色開始慢慢變化。

　　地面開始變得 **乾燥** 和 **荒蕪**，
植被開始變得稀少，樹木消失
了，只剩下 **荊棘** 的灌木叢。

　　同時天氣也開始變了，走
進神秘山谷總是如此……

　　天空布滿了黑雲，預
示着 **大雨** 即將到來，
一道 **閃電** 正好從我們
身邊劃過。

閃電的光芒**照亮了**遠在地平線的黑暗鼠家族的城堡。

像平常一樣，多愁緊緊踩着**油門**。

我試着跟她說她開慢一點，但是她不聽，繼續跟我**聊天**……

所以我緊閉上眼睛，心想：「希望她能**減速**，希望不要發生**事故**，希望這輛車剛剛做過安全**檢查**……」

我**提心吊膽**的，而多愁卻好像什麼事也沒發生一樣，不斷跟我聊天，腳踩着**油門！**

「小乖乖，你能陪我一起來真是太好了：家裏的老鼠見到你一定很高興！」

接着她又踩了腳油門……

她繼續**說話**：「小乖乖，就因為這我才

喜歡你：你是一隻能夠依靠的老鼠，無論何時何地⋯⋯

你真是一個寶貝！」

接着她又踩了腳油門⋯⋯

她繼續說，一副陶醉的樣子：

「小乖乖，我的家人們都很喜歡你，你會看到他們給你準備的隆重的歡迎宴會的！」

接着她又踩了腳油門⋯⋯

她繼續聊天，可我已經受不了啦⋯⋯

為什麼多愁要一直說個不停，一直踩油

門？

最後我絕望地大叫起來：「**夠啦……！**」

就在這個時候，我聽到了剎車的聲音，汽車開始減速，馬達漸漸慢下來，最後終於**停止了**

看在一千塊莫澤雷洛乳酪的份上，我們終於停下來了！

我心想：多體貼啊，她為了我把車停下來了！

可是多愁毫不客氣地說：「小乖乖，不用再**喊了**，我們到了！」

我這時才勇敢的睜開雙眼。在我面前是一座**城堡**。黑暗鼠家族的城堡！

救命啊！

骷髏城堡

—— 黑暗鼠家族的城堡！——

散發着臭氣的鮮花，帶毒的莖刺，還有飢餓的昆蟲

當我們到了黑暗鼠家族城堡周圍的花園門口時，多愁順着一條**泥濘**小路走了進去，讓我跟在她的身後。

但我可不想；我可不想把泥弄在褲子上。

她堅持說：「來吧，小乖乖，呼吸一點**鄉間**的空氣對你有好處！你總是把自己關在辦公室裏……聞聞，這**花多香**啊！」

說實話，我根本沒有聞到花香，而是有一股奇怪的**味道**……

我馬上就明白這味道是從哪裏來的：我踩在什麼**小動物**留下的小紀念品上面了！

多愁開始熱情地向我介紹這個、介紹那個陌生的植物：

「那種花是**尖刺花**中**非常稀有**的一種，多少**刺**啊，你看到了嗎？那個是**徽臭木叢**，聞到了嗎？多**臭**啊！而那裏路邊的那個，是**神秘巨葉花**：誰也不知道它到底應當屬於哪一類植物，**科學鼠**也不知道……」

我全神貫注，想記住這些**奇怪的名字**，以至於⋯⋯

⋯⋯以至於我都沒意識到，我身後一株**食肉植物**正要咬我呢！

「**小心！**」我聽到一聲叫喊。

我想都沒想就跳了一步，還好！不然的話這個食肉植物就要**咬掉**我的鼻子了！現在牠只咬到了我的領帶。領帶的一塊留在牠的大嘴裏，牠滿意地嚼着。

多愁溫柔地撫摸着它。

「這是我最喜歡的：一株極為少有的食肉植物，牠叫**鐮刀食鼠花**……瞧，牠的鋒利得就像刀一樣！」

「我看到了，牠**吃**了我的領帶！你就不能控制一下它的牙齒嗎？我現在沒有領帶了，怎麼見你的家人啊……」

「沒關係，小乖乖，食鼠花**鋒利**的牙齒正是牠的特點！你一點也不懂植物！」

實際上我確實不懂**植物**。但花園裏的這些可絕對不是普通的植物！

這裏有為了保護自己而**突起**荊刺的灌木；有**噴出**臭味汁液的攀緣植物；有吐出黃色毒霧的矮小植物；有布滿**刺激性**物質的樹；有長着能夠絞死巨鼠的觸角的矮樹；有表面覆蓋着**黏液**的植物——牠能夠黏住靠近牠的東西！

　　我必須極為小心，注意自己的爪子、尾巴、鼻子，甚至鬍子！

　　我們要**去**的地方必須經過這裏嗎？

　　為什麼我們就不能在開滿野菊花的草坪上開心地散個步呢？

還有比這更糟的——在這些**奇怪**、**危險**的植物中，還生活着**更奇怪**、**更危險**的動物：長着毒牙的黃色**毒**蛇；長着鋒利牙齒的藍色**毒**蜘蛛；長着粉紅爪子的蜈蚣；各種大小、各種顏色的蟲子，都是有**毒**的；空中飛着各種**可怕的**的昆蟲……當然也是有**毒**的！

　　這次散步令鼠生畏，我很驚訝，同時也很**失落**。

　　我心想：什麼？這些就是我們要從滅絕的邊緣去**拯救**的植物和動物嗎？我原以為要去拯救一些芬芳的花朵，茂密的樹林，可愛的小

動物……可是這裏只有淤泥和臭氣！真是**噩夢**般的景象！

但是，由於我是一個，應該說是一隻**有教養**的老鼠，為了不冒犯多愁，我什麼也沒說，靜靜聽着她的解釋。

她**說呀，說呀，說呀**……

而我則在想着我那被淤泥弄髒的外套、被咬壞的領帶、越來越髒的褲子……

就在這時，我聽到了一個奇怪的**聲音**。

「你聽到了嗎，多愁？好像是**骨頭**碰在一起的聲音。不對，更像是**丁零噹啷**的聲音，就像是頜骨一開一合。好像是鯊魚的頜骨，不對，應該是……

……**鱷魚**的頜骨！」

在兩排牙齒咬住我尾巴的前一秒，我一下子跳到了一邊，然後開始以最快的速度**逃跑**！

鱷魚從環繞在骷髏城堡的護城河裏跳出來，好像一定要把我吃了一樣，不過好在牠最後還是放棄了……

我剛剛脫險，就大叫起來：

「**夠啦……！**

如果你要**保護**這些極為稀有的植物和所有這些可怕的、**有毒的**、**危險**的動物……那你就自己做吧。我這就動身返回妙鼠城！」

她搖搖頭：「小乖乖，你什麼都**沒明白**！一朵花是香是臭，一隻動物是否可愛，這都不重要：每一個物種都有得到**尊重**的權利。就是因為有如此多樣的物種，大自然才會如此豐富，這種**多樣性**本身就是應當保護的財富！」

我想了一下，抱歉地説：「你説得對，多

愁。」

　　她又給我指出了很多種奇怪、稀少的物種，幾乎每一種都是瀕臨**滅絕**的，她向我描述它們的習性和特點，漸漸地，我也開始對這些奇異、與眾不同的物種**感興趣**起來。

　　我作了很多記錄，拍了很多 照片 ……

奇怪的黑暗鼠家族的
奇怪城堡

　　我全神貫注地拍照，甚至**忘了**自己是在骷髏城堡裏。但一想到再次造訪這座奇怪的建築，我就**害怕**得鬍子**直抖**。

　　這座城堡裏有無數個房間，小房間，微型 房 間 ，大房間，巨型房間，怪房間⋯⋯它們對着長長的走廊，小走廊，黑黑的古怪的走廊，就好像貓的**嘴巴**一樣！總之就是，像一座**迷宮**一樣，在那裏，迷路比吃一口乳酪還容易！

　　儘管已經過去一段時間了，但是我依舊清晰地記得我**第一次造訪**骷髏城堡時的情

景！你們知道為什麼嗎？因為……

1. 小花園裏有一個池塘，裏面養着幾百條**食鼠魚**，牠們隨時準備把掉進來的老鼠剝皮去骨！

2. 温室養着兇猛的

食肉草莓！

哇！哇！哇！

3. 窗户發出歌聲一樣的怪聲，門板砰砰作響，牀墊弄得尾巴很癢！

4. **廁所** 總是想把客人吸進去！

5. 客房裏的地毯以 **捲住** 客人為樂!

女管家蘭湯鼠夫人的頭髮裏住着

兇殘的小金絲雀!

7. 護城河裏生活着的那個 **東西**,當牠飢餓時千萬不要靠近牠⋯⋯可這個東西永遠都是 **飢餓** 的!

8. 有一個游泳池,池底潛伏着飢餓的 **鯊魚**!

小乖乖，家人們正等着你呢！

多愁挽着我的胳膊，説：

「快來，小乖乖，**家人們**正等着我們呢！」

她把我拖到吊橋上，敲響城堡的大門。

咚咚咚！

守衛大門的恐怖齒狀食肉花小憂立即張開了花瓣，**充滿警惕**。

但是多愁輕輕地**撫摸**她，她馬上就安靜下來了。

同時從窗户裏伸出來很多張我非常熟悉的面孔，很多熟悉的聲音喊道：「**他們到啦！**」

實際上他們還喊着：「太好了，你們**訂婚**了！婚禮什麼時候舉行啊？」

可我假裝什麼也沒聽見：我不想跟多愁結婚！

我弄了弄襯衫領子，努力整理一下外套的翻領，然後露出了我正式場合固有的：領帶被咬得**殘缺不堪**，這樣出現在黑暗鼠家族面前令我窘迫不安！

緊閉的大門吱吱嘎嘎地打開了。

從裏面走出一個，應該説是一隻乾瘦乾瘦的老鼠，一身黑色衣裝，頭戴一頂大禮帽，兩鬢的毛髮濃密而整潔。

我馬上就認出他了，他是**殯葬·黑暗鼠**，多愁的爸爸！

他擁抱了他女兒，然後衝我眨眨眼睛，打

招呼説：「只要不死……總會見面的！」

　　然後他又**感動**地説：「謝謝你來到這裏，謝利連摩！在需要**幫助**的時刻才能見到真正的朋友，現在……我們正**需要**幫助！」

賓葬·黑暗鼠

只要不死……總會見面的！

殯葬用一塊**繡**有小骨頭圖案的黑色手帕使勁地擤鼻涕。

然後他接着說：「我們需要所有的老鼠來保護古老的骷髏城堡，保護神秘山谷中這些**可愛的小植物**，當然還有我們大花園裏的那些無辜的**小動物們**！」

可愛的小植物？無辜的小動物？

我清楚地記得那個**吃掉**我領帶的貪婪的食肉植物，還有那條想要**咬掉**我尾巴的兇狠的鱷魚！

於是我小聲嘀咕說：「嗯，真的，我會盡力而為的……」

黑暗鼠家族的其他成員也一下子圍了過來歡迎我。

他們熱情的問候我，表現出的**情意**讓我感動不已。實際上小金絲雀想要**襲擊**我，咬我的鼻子……可是這一次我早已經預料到，躲開了**攻擊**！！！

不！

嘶！

他們的寵物蟑螂**卡夫卡**想要把**小便**撒在我的褲子上，不過這個我也**預料**到了，在牠開始之前的一瞬間就躲開了。

作為守衛的恐怖齒狀食肉花**小憂**想要咬掉我的外套扣子上一次我來骷髏城堡的時候牠就這麼幹過，我也**預料**到了，但是她還是得逞了！

我還**預料**到了**史力**和**史納**雙胞胎兄弟的惡作劇：他們把用辣椒做成的**粉末**噴在我的手帕上，讓我打噴嚏。如果我沒察覺的話，肯定會噴上幾

救命！　啊！

個小時！可是我卻沒注意到他們把

地窖·黑暗鼠奶奶的巨大塔藍圖

拉蜘蛛 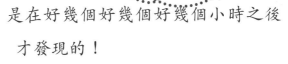 了我的行李裏面！我

是在好幾個好幾個好幾個小時之後

才發現的！

除了這些事情之外，我真的感

覺好像回到了 **家** 裏一般……

百味燉肉⋯⋯ 太討厭啦！

這時候廚房的門開了。

突然間一股特別難聞的氣味撲面而來⋯⋯

我馬上明白這是什麼味道了：是**炆燉鼠**先生準備的⋯⋯**百味燉肉的臭味！**

哎呀，我可是非常清楚他的**烹飪方法**（儘管我寧可不知道！）

廚師炆燉鼠先生出現在門口，在一條油膩膩的圍裙上擦着自己的**髒**爪子。他微笑地看着我，好像見到我真的非常**開心**。

「時間過得真快啊，謝利連摩先生！我以為您會常來呢，因為您是那麼喜歡我做的

百味燉肉……
想嘗一口嗎？」

　　我馬上大叫道：「不，謝謝啦，我沒胃口，我剛剛吃完晚飯，而且我現在正**減肥**呢！」

　　「您害怕**變胖**嗎？不過您瞧，這百味燉肉並不油膩，我做的菜都很

健康！我現在正在試驗一道新菜呢……您至少嘗一小勺嘛！或者您還是願意等到**晚餐**時候再吃？」

炊燉鼠先生
百味燉肉
所需用料

••••••••••••••••••••

　　下水道蚯蚓的肝臟，沼澤螞蝗的肉，黑蠍子的螯，大黃蜂的螫針，蝙蝠的大腿，燕窩，鯊魚翅，紅蟻粉，食鼠魚魚片，鬣蜥指甲，胡蜂卵，黑曼巴蛇的脾臟，蝰蛇的毒液

「不，謝謝啦，我得過胃炎，醫生叮囑我說只能吃非常**清淡**的東西……」

炆燉鼠先生很**失望**：

「您真的不吃嗎？一點也不要？好吧，我給您留點在**保溫瓶**裏，這樣，如果晚些時候您想吃點點心的話……」

然後他開始興奮地給我解釋為什麼今天的百味燉肉比平時的**更美味**：「今天我在百味燉肉裏加入了我表弟的**襪子：**他從聖誕節開始就沒洗過腳爪！還有我在地窖裏挖到的三株漂亮的**蘑菇**（誰知道是不是**有毒**呢？啊，這個我們馬上就會知道。）。」

我**歎口氣**，接過了保溫瓶（我知道這是他的一番好意），然後轉過頭對

65

多愁說：

「現在，跟我說說**神秘山谷**到底發生了什麼。

是誰想要破壞大自然？

是誰在威脅着你們的城堡？」

「一會你就會知道的，小乖乖，我們會在家庭會議上把事情解釋給你聽······」

維佩麗亞·毒蛇鼠 的神秘協議

　　黑暗鼠家庭會議在城堡的 圖書室 召開，這是一個巨大的石製大廳，有拱形的穹頂。沒有燈：只有一些掛在牆壁上的 火把 來照明。

　　四周只能看到 書 ， 書 ， 書 ，除了書還是書⋯⋯

　　火把的火苗在微風中搖曳，在地板上映出搖擺不定的 黑影。

　　房子中間有一張巨大的桌子，初看上去好像是圓形的，但是仔細看看就會發現，它的形狀是一個⋯⋯ 骷髏！

黑暗鼠全家都圍坐在桌子邊，應該說是骷髏邊，安靜地等着我。地窖・黑暗鼠奶奶撫摸着她的**塔蘭圖拉毒蜘蛛**多洛莉絲；科學怪鼠爺爺在桌子底下擺弄着他的試管和蒸餾瓶；蘭湯鼠夫人**愛撫着**她頭髮裏兇殘的小金絲

雀；史力和史納默契地交換着眼神；在角落花心木搖籃裏，Baby正安靜地睡在蜘蛛絲被裏。護城河裏的那個東西肚子餓得咕咕叫的聲音不時傳進來。

總之，一切正常。

至少對於他們來說是如此……

殯葬·黑暗鼠第一個開口說話：「除了謝利連摩外，我們大家都知道，我們的堡壘緊挨着**維佩麗亞·毒蛇鼠**女公爵的土地……」

剛一聽到這個名字，房間裏就響起來不滿的噓聲。

殯葬接着說：「維佩麗亞非常富有：在她的城堡裏，所有的水龍頭都是真金的，地板上鋪的都是青金石，僕人們都用綾羅綢緞來打掃

灰塵。但是她卻依舊貪得無厭。為了變得更為**富有**，她什麼都幹！」

黑暗鼠全家都搖着腦袋嘀咕説：

「**真是太糟糕了……**」

一個真正的黑暗鼠家族成員
是絕對不會出賣骷髏城堡的！

殯葬繼續説：「總之，維佩麗亞説她在一個 **大箱子裏** 找到一份年代可以追溯到19世紀初的文件……」

就在這一瞬間，傳來一聲 **吼叫**，那個東西跳了出來，大聲咆哮，肚子咕咕直叫，然後「**嘩啦！**」一聲又跳回了護城河的泥漿當中。

我迷惑地盯着黑暗鼠一家，但是對於他們來説這應該是很 **正常** 的，因為沒有任何一隻老鼠對此在意。

但是為什麼沒有老鼠去看看到底是 **誰**，或者是什麼 **東西** 在吼叫呢？

斯卡托
喬·黑暗鼠

好像什麼也沒發生，殯葬接著說：「……維佩麗亞說找到一份**文件**，根據這份文件，我們的一位先祖斯卡托喬·黑暗鼠已經把骷髏城堡**賣**給了她的先祖賽潘塔蓮·毒蛇鼠……」

黑暗鼠全家齊聲喊道：

「**不可能！** *一個真正的黑暗鼠家族成員是絕對不會出賣骷髏城堡的！*」

我看看四周。

啊，無疑這座城堡非常陰暗，**積滿灰塵**，黑暗的角落裏滿是**幽靈**，還有護城河裏的那個東西，這一切可以說讓它成了世界上最**可怕**的地方……但是對於黑暗鼠家族來說，它是完美的！

72

為什麼他們家族中有人會出賣它呢？

殯葬把維佩麗亞的一封信遞給多愁，然後她把它交給所有的老鼠看。

信上寫道：

> 離開這裏，黑暗鼠！
> 你們的城堡已經是我的了！
> 這就是證據⋯⋯

跟信夾在一起的是一份**奇怪**的合同，上面是**奇怪**的褪色的墨水，寫在一張**奇怪**的羊皮紙上。然後還有一張照片，照片裏是一幅很**奇怪**的畫，畫上有一隻男鼠和一隻女鼠，他們正彼此握，他們身前的桌子上放着一張羊皮紙和一支插在墨水瓶裏的鵝毛鋼筆。

「看見了嗎，小乖乖？」多愁指給我看，

「這幅畫上的就是**斯卡托喬·黑暗鼠**，我們的先祖，他正在跟**賽潘塔蓮**簽署出賣合同。在維佩麗亞看來，這是出售的證據！」多愁跟我解釋説。

「為什麼維佩麗亞之前從來沒有提到過這個**合同**和這幅**畫**呢？」我問道。

「這個嘛，她説只是在幾天前才找到這些東西……」

蘭湯鼠夫人擔憂地靠到我身邊，頭頂的小金絲雀激動得直**發抖**。

「您明白嗎，謝利連摩先生？這意味着骷髏城堡將不再屬於**我們**了！」

科學怪鼠爺爺歎着氣説：「這意味着我要放棄我的**實驗室**了……」

管家鼠抱怨説：「這意味着整個家族要放

棄這古老的庭院了！」

　　炆燉鼠先生問道：「誰來負責給那個東西餵食呢？可憐的**小畜牲**，牠的**胃**那麼不好……」

　　最後地窖・黑暗鼠奶奶盯着我的**眼睛**說：

　　「不管怎樣你和多愁還是會**結婚**的，對吧？」

哦，不！！！！

你們還是會結婚的，對吧？

骷髏城堡的黃金

殯葬憂鬱地說：「你們知道那個**陰險的**毒蛇鼠女公爵想要幹什麼嗎？」

蘭湯鼠夫人叫道：「我們知道！她想把骷髏城堡夷為平地，因為她想讓神秘山谷中**只有**一座城堡，就是她的城堡！」

多愁說：「而且她還想把我們花園裏的所有植物刪除掉⋯⋯」

科學怪鼠爺爺說：「然後她想在草地上鋪上 水泥 ，建造一條高速公路和一個商業中心⋯⋯」

「一條**高速公路？**」我問道。

「當然！有了高速公路，她的卡車就能夠 **搬運** 黃金了……」

我驚訝地問：「**黃金？**什麼黃金？」

殯葬解釋説：「我們城堡所在的山丘的山腳，有一個廢棄的 **礦場**……維佩麗亞好像做了一些調查，發現那裏面

有**黃金**，很多**黃金**，非常非常多的**黃金**……」

「維佩麗亞想把所有黄金據為已有，以便讓她變得更加**富有**……」地窖·黑暗鼠奶奶補充説。

科學怪鼠爺爺歎氣説：「維佩麗亞已經找來了一個大型的挖掘**公司**，準備開始動工了！」

蘭湯鼠夫人**大哭**起來：「他們命令我們收拾行李離開，馬上！我們能**去**哪裏呢？我的小金絲雀該怎麽辦啊？」

除非你們從我們的
木乃伊屍體上踩過去！

突然從外面傳來巨大的嘈雜聲。我們趕緊**跑**到窗戶邊，推土機已經到了！城堡下面擠滿了挖掘機和大卡車，還有成隊的、四處奔走忙碌的**工人鼠**。突然一隻又**高**又**瘦**的尖臉女鼠走到吊橋邊，她拿

離開！

着**大喇叭**尖叫道：「黑暗鼠，我最後一次警告你們：從這裏離開，馬上離開！這座城堡已經是**我的**了，僅僅是**我一個人的**，全部都是**我的**，明白嗎？清楚嗎？」

新雅文化事業有限公司
Sun Ya Publications (HK) Ltd.

www.sunya.com.hk　　查詢電話：(852) 29766559

新雅文化事業有限公司

新雅書迷會
Sun Ya book club

香港筲箕灣耀興道3號

東匯廣場9樓

新雅畫迷會 Sun ya book Club 參加表格

成為會員可享多項 精選優惠，其中包括：

- 到指定門市及書展可獲購書優惠
- 參加有趣益智的書迷活動
- 最新優惠及活動資訊
- 收到會訊《新雅家庭》

★ 請填妥此表格並郵寄至新雅文化事業有限公司市場部（地址載於背頁）★

姓名：＿＿＿＿＿＿＿＿＿＿＿＿＿＿ 性別：＿＿＿＿

出生日期：＿＿＿＿年＿＿＿月＿＿＿日　年齡：＿＿＿

日間聯絡電話：＿＿＿＿＿＿＿＿　傳真：＿＿＿＿＿＿＿

學校：＿＿＿＿＿＿＿＿＿＿＿＿＿＿＿＿＿＿＿＿＿＿＿

電郵：＿＿＿＿＿＿＿＿＿＿＿＿＿＿＿＿＿＿＿＿＿＿＿

職業：□ 學生　□ 家長　□ 教師　□ 其他 ＿＿＿＿＿＿

教育程度：□ 小學以下　□ 小學(＿ 年級)　□ 中學(F.＿)
　　　　　□ 大專　□ 其他 ＿＿＿＿＿＿＿＿＿＿＿＿

從哪本書獲得此書迷會表格：＿＿＿＿＿＿＿＿＿＿＿＿

地址(必須以**英文**填寫)：＿＿＿Room(室)　＿＿＿Floor(樓)

＿＿＿Block(座)　＿＿＿＿＿＿＿＿Building(大廈)

＿＿＿＿＿＿＿＿＿＿＿＿＿＿＿＿＿ Estate(屋邨/屋苑)

＿＿＿Street No.(街號)　＿＿＿＿＿＿＿Street(街道)

＿＿＿＿＿＿District(區域)HK/KLN/NT* (*請刪去不適用者)

以上會員資料只作為本公司記錄、推廣及聯絡之用途，一切資料絕對保密。

殯葬從窗戶探出頭大喊道：

「我們永遠不會離開的！

除非你們從我們的木乃伊屍體上踩過去！」

管家鼠趕緊跑過去拉起吊橋，這樣任何老鼠都進不來了。

維佩麗亞氣得直跺腳爪：

「那你們會更倒楣的！如果好言好語你們不走，那我就要用**強硬**手段了！」

她轉頭命令工人鼠說：「把城堡給我**鏟平**，不，給我炸平！」

一位工人鼠試着說：「可是公爵夫人，不能這樣……不可以鏟平黑暗鼠城堡……更不能用**大 炮**炸！」

「為什麼不行？」維佩麗亞大怒道。

「因為他們還在裏面呢，**黑暗鼠家族**……」

除非你們從我們的木乃伊屍體上踩過去！

維佩麗亞**威脅**地舉起拳頭喊道：「我會把你們趕出去的，小偷們！骷髏城堡是**我的**，僅僅是**我一個人的**，全部是**我的**！」

另一個工人鼠問她：「您為什麼要**推平**黑暗鼠城堡呢，公爵夫人？確實它看上去很陰暗，積滿灰塵，到處是蜘蛛網，當然在黑暗的角落裏也滿是**幽靈**……但是這正是它的魅力所在！運送黃金的話只要從山丘的另一面走就可以了……金礦的入口就在那裏！」

維佩麗亞喊道：「你給我閉嘴，你什麼都**不懂**！從現在開始，在神秘山谷就只會有惟一的一座城堡——**我的**城堡！」

然後她對着工人鼠說：「推平骷髏城堡！

推平它！ 推平它！
推平它！ 推平它！

但是工人們仍然在猶豫，她用盡力氣大叫道：

「**水泥鼠！**快把水泥鼠叫來！」

於是大喇叭響了起來：

「水泥鼠！維佩麗亞公爵要見**勘探專家**水泥鼠！」

水泥鼠跑了過來。這是一隻強壯的老鼠，身體寬得如同一個**衣櫃**，高得如同一個**衣櫃**，結實得如同一個**衣櫃**。

他的兩隻爪子像**鐵鍬**一樣寬大，像**鐵鍬**一樣厚實，像**鐵鍬**一樣有力。他的皮毛是水泥一樣的灰色，直立起來的頭髮像釘子一樣，潔白的牙齒如同大理石。

他張開嘴巴**大叫**，具有穿透力的聲音如

除非你們從我們的木 乃伊屍體上踩過去！

同工廠裏的汽笛：

「這裏出什麼事了，你們這幫腦子不好用的傢伙！這可不是在野餐！我們來這裏是要搗毀、破壞、拆除！你們怎麼還沒有動手**推平**這堆廢墟？你們怎麼還沒有把除草劑撒在花園裏這些可怕的植物上？你們怎麼還沒有把那些可怕的動物清掃光？這可不是在野餐！最重要的是，你們怎麼還沒有把 水泥 鋪在草坪上，我是怎麼命令你們的？這可不是在野餐！你們要記住我們的信條：

抹上水泥，抹上水泥，抹上水泥！

水泥萬歲！」

水泥萬歲！

維佩麗亞公爵奸笑道：「很好，水泥鼠……讓他們看看該怎麼工作！」

水泥鼠說：「這事就交給我了，公爵夫人！我給他們樹個**榜樣！**這可不是在野餐！您就好好看着吧……」

說着他拿起一把**鎬頭**，朝城堡*跑*去，嘴裏大喊：

「水泥萬歲！」

還沒喊完，炆燉鼠先生就趕到了瞭望塔上，把一鍋熱氣騰騰的百味燉肉倒在他的身上，弄得他渾身都是**臭烘烘**的油湯！

　　他燙得爪子亂擺，一個勁地咳嗽，吐了一地，但是馬上恢復過來，大喊道：

「**啊，你們居然耍花招，嗯？**看我怎麼對付你們！如果我沒法在上面推倒城堡，那我就去下面！」

　　他命令工人鼠道：「跟我來！我們從金礦進去，它可以通到城堡下面，我們從底部**毀掉**它！」

　　我聽到水泥鼠喊道：「**拿好東西！**」

　　我探頭張望，看到他砸壞了封住礦口的腐壞的木板，然後拿起橡膠錘子砸骷髏城堡的根基。

咚咚咚咚！

　　看到工人鼠們不大願意聽從，他大喊道：「這可不是在野餐！快點幹活，不然我**解雇**你們！」

水泥  萬歲！

　　工人鼠們沒辦法了，只好開始動手挖起來。

　　骷髏城堡晃動起來，玻璃**抖動**，牆壁**振顫**，衣櫃門一個勁地**怦怦響**，盤子叮叮噹噹……

　　在一片的嘈雜聲中，多愁喊道：「我們必須制止他們……馬上！跟我來，小乖乖，我有主意了……」

我來了！

快點跑，小乖乖！

拔掉鬍子的一千種方法

多愁抓起兩張牀單，分別剪了兩個洞，讓眼睛能通過小洞看到東西，然後自己套上一個，讓我套上另外一個。之後她跑到圖書館，吱吱地說：「快，小乖乖，快找一本寫着《拔掉鬍子的一千種方法》的書！」

我覺得奇怪，結結巴巴地說：「這跟鬍子有什麼關係？」

多愁笑着說：「沒什麼關係！但是如果你移動那本書就會打開一個秘密通道……」

我在書架上找到了標題是《拔掉鬍子的一千種方法》的書。

我正準備把它從書架上拿下來，書架就吱吱嘎嘎地（轉）過來，露出一段黑漆漆的樓梯。

　　多愁飛速地跑下樓梯：「跟着我，小乖乖，小心別**絆倒**了……」

　　太晚啦！我已經**滾**下梯級啦，臉孔朝天的摔在地上！

　　當我再清醒過來的時候，我已經身

小心！

哎喲！

在古老的金礦中心。這裏一團漆黑，到處都是**黴味**。我的腳爪突然碰到了什麼東西：好像是一本用皮革裝訂的**筆記本**。我撿了起來，沒仔細看就放到口袋裏，這時我感覺肩膀旁邊有一股**氣息**，這令我毛骨悚然，就好像有老鼠在對着我的脖子**吹氣**。牠的呼吸**冰冷**極了，就好像是⋯⋯

「幽靈！救命呀，有**幽靈**！」

牠就在那裏，白色的，散發着微光，兩隻奇怪的**綠色**眼睛⋯⋯

「冷靜點，小乖乖，是我！」

為什麼幽靈説話的聲音跟多愁一模一樣呢？牠眼睛的顏色也跟多愁一樣，牠好像就是──多愁？

「你認不出我啦，**小乖乖**？是我，多愁！」

然後她蒙着牀單，對我**眨眨**眼睛。

「我**嚇**着你了，啊？跟我來，咱們好好**嚇唬**一下那些破壞城堡的傢伙們！」

多愁和我一起，悄悄地靠近那些正在金礦裏面工作的工人鼠們，身上一直蒙着**牀單**。

然後我們突然跳了起來，嘴裏叫着：

「嗚嗚嗚嗚嗚！」
「嗚嗚嗚嗚嗚！」

他們嚇壞了！

整整一天我們把**恐怖**散播出去，讓他們無法工作。

但是第二天他們又來了，因為維佩麗亞命令水泥鼠繼續工作，這位勘測專家也只好強迫工人鼠們繼續**深挖**。

但我已經決定要盡我的一切所能阻止他們：我不希望黑暗鼠家族失去他們的城堡，失去他們滿是**珍奇植物**和瀕臨滅絕的**奇特動物**的古怪花園。

親愛的日記……

我越想整個事情，就越覺得這裏面有蹊蹺。

所以我馬上打電話給我的妹妹菲，讓她：

1. 調查賽潘塔蓮·毒蛇鼠和斯卡托喬·黑暗鼠；

2. 設法找到一份城堡買賣合同的副本；

3. 找妙鼠城博物館的館長去**研究**一下那幅表現賽潘塔蓮和斯卡托喬簽署合同時的畫。她們也許要親自跑到毒蛇鼠城堡去，但是只有這樣，館長才可能知道那幅畫是否是真的

古畫！

然後我找到了黑暗鼠家族的所有成員，問了他們一連串問題：「斯卡托喬為什麼要**賣掉**城堡？他需要**錢**嗎？他已經**厭倦**神秘山谷的生活了嗎？難道他對**蜘蛛**過敏了嗎？」

但我沒有得到任何回答……

幾個小時之後，我的手提電話**響**了。是菲。

「你好，親愛的哥哥，你要做好準備，我這裏有幾條難以置信的消息！」

1. 這些超級震驚的消息是：

斯卡托喬黑暗鼠**非常富有**：正是他發現了骷髏城堡下面的金礦！而賽潘塔蓮・毒蛇鼠卻僅僅是……他的**秘書**！

2. 很遺憾菲沒能找到買賣合同的副本：神秘山谷的檔案館上個星期被**燒毀**了！

3. 那幅畫確實是真的**古畫**！

　　跟菲通完話之後，我開始**思考**……

　　如果斯卡托喬那麼富有，那他為什麼還要賣掉城堡呢？

　　他的秘書怎麼會變得那麼有錢，甚至能夠**購買**城堡？

　　那幅畫真的是繪於19世紀……但是我們卻無法斷定合同的真偽，因為檔案館被燒毀了。這非常非常**可疑**！我什麼都弄不明白了！

　　這時候我突然想起了在金礦裏發現的那個**筆記本**。我仔細看了看：它很古老。非常古老。封面是棕色的皮革，上面印着金色的

標題，由於時間久遠，已經褪色……我能夠
分辨出一個 S，一個 E，一個 R……還有一個
P……

我睜大了眼睛：上面寫的是賽潘塔蓮！

我急切地翻開筆記本，
在所有黑暗鼠家族成員前
驚恐地大聲朗讀：
「親愛的日記，這
就是我佔有骷髏城
堡的計劃！」

我接着讀：「我要從斯卡托喬手中
把城堡搶過來，因為，我已經決定嫁
給他……但是他卻說不想娶我！我決定
要復仇，以賽潘塔蓮・毒蛇鼠的名字起
誓！」

黑暗鼠全家都小聲議論：「哦哦哦哦！」

　　我繼續讀：「我偽造了一份合同，上面寫着斯卡托喬把城堡賣給了我。我還讓別的老鼠畫了一幅畫，畫的是我們簽合同時的場景，這樣一切就可信了！」

親愛的日記

所有老鼠大叫起來：「那就是説斯卡托喬從來沒有出賣城堡啦！維佩麗亞沒有權力得到骷髏城堡！」

　　文件確實是當時的，但卻是**偽造的**。畫也是偽造的，因為它描繪的是從來沒有發生過的事情……

　　我越來越感到好奇了。這段二百年前的奇異的**愛情故事**到底如何收場呢？

　　我翻過一頁！ ➔ 上面是這樣寫的：親愛的日記，我後悔了，把一切都告訴了斯卡托喬。他很感動，原諒了我，他説非常欣賞我的誠實，還邀請我共進晚餐，而且……

　　我再翻過一頁，看到夾在書頁當中的幾片**橙花**。

我讀着日記的最後一句：親愛的日記，總之最後，我們結婚了！！！作為結婚禮物，我的斯卡托喬建了一座新的城堡，我的家人都住到那裏了：這樣毒蛇鼠和黑暗鼠兩個家族就可以一直生活在神秘山谷裏了！

　　黑暗鼠全家喊道：「**萬歲！**太美了！他們彼此相愛，最終走到了一起！就像*謝利連摩*和**多愁**一樣！」

　　地窖·黑暗鼠奶奶在我的衣服袖子上擦着鼻涕，感動地說：「你們馬上**結婚**吧，謝

利連摩！就算為了我，我也是你的**祖母**啊！」

　　科學怪鼠爺爺說：「我會準備**煙花**的！」

　　炆燉鼠先生說：「結婚喜

宴上,大家都有**百味燉肉!**」

　　殯葬說:「蜜月旅行也不用擔心:我把我

的**葬禮靈車**借給你們!上面有棺材和其他

所有的東西!」

你可以早點跟我說的，
謝利連摩！

多愁認真地走到我身邊說：「小乖乖，現在骷髏城堡回到黑暗鼠家族手中了，你已經沒有藉口了！」

我結結巴巴地說：「我不知道，我不明白……」

「你怎麼會不明白？我們要商定婚禮的日期了！」

我不安地嘀咕說：「多愁，我很尊敬你，但是我不想跟你結婚……」

她的綠色眼睛**憤怒**地盯着我：「啊，這樣的話，你可以早點跟我說的……」

我叫道：「從我們認識開始我就一直跟你這麼說！我一直跟你說 **我不想跟你結婚！**

　　她極為平靜地回答：「真的嗎？我從來沒
聽到過……」

　　我絕望地歎口氣：「我可是一直**說**，一
直**重複**，而且……」

　　她已經不聽我說話了。

　　她已經在給一個朋友打電話了：「喂？

親愛的！我有最新的 **大新聞**……你還記得我的未婚夫嗎？……就是那個，應該說是那隻很好，但是很**無聊**，很窮的老鼠……總是談他的書啊，工作啊……對，你知道的，對吧？我說的就是他，*謝利連摩‧史提頓*……你說得對，他這隻老鼠真是太**無聊**了……嗯，對，你說得對，這件事沒希望……」

然後她歎口氣：「總之我的最新消息就是——我決定**破壞**婚禮！我要甩了他，這樣他才能學到教訓！」

打完電話之後，她轉過來對着我，還是**歎口氣**，說：「我把消息告訴了我最好的朋友！你要知道，她說我**做得對**，她就不明白我一直以來是如何忍受你的，而且老鼠島上比你好的老鼠到處都是，他們都排隊等着娶我這

樣一隻老鼠呢……」

我**生氣**地問：「誰是你的好朋友？
她怎麼可以這樣說？」

她笑了：「是**菲**，你妹妹！」

我剛想張嘴說話，電話**響**了。是
菲！

我安靜一會兒！

「謝利連摩，你為什麼這麼**無聊**啊？現
在連多愁都拋棄你了，誰還
會嫁給你啊？」

我大叫道：
「求你了，讓我
安靜一會兒吧！
而且你們把下面的話記住：

我－不－想－
結－婚！」

107

這個時候，手提電話顯示我剛剛接到一條短消息：新聞機構**我們一立即一告訴你**發布最新消息⋯⋯

我真不敢相信自己的**眼睛**⋯⋯

這個時候手機又接連不斷地**震動**起來，是我的朋友和親戚們，他們都試圖**安慰我**。

我獨自坐**火車**回到了妙鼠城。

到站後，我**拖着**疲憊的爪子朝家走去：想跟多愁說明白情況可真不容易！

我不喜歡她說我**無聊**！

當我路過妙鼠城中心廣場的時候，看到廣場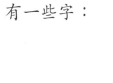上出現了我的臉，還有一些字：

最新消息，
《鼠民公報》總裁被女鼠拋棄，
因為他太無聊了！

我豎起衣領遮住臉，希望別的老鼠不要認出我，就這樣我像個小偷一樣 **一 路 小 跑** 一直到老鼠大街8號。

　　可是，我家門前聚集了大批記者，他們想 **採 訪 我**。我在一個個麥克風、一個個攝錄機中間左閃右躲，**衝入** 家中，關上門，終於鬆了一口氣。

我打開電視機，但是裏面的節目都是關於我的事情。

我打開收音機，但是裏面說的還是我。

我檢查我的郵件，但是電子郵件的內容都在說我是如何無聊。

我大叫道：「夠啦啦啦啦……！」

然後我明白我該做什麼了。

我馬上趕到鼠民公報大樓，寫了一篇文章，在上面說明了真實情況：也就是我和多愁一直就是好朋友，而且也永遠會是好朋友，因為她是一隻非常優秀的女鼠，我很尊重她。我還補充說這就是全部情況，我們有權不談論其他的事情，因為我們的感情是我們自己的事情，我真心的請求所有的老鼠讓我們平靜地生活。

第二天，報紙幾乎銷售一空：大家都想閱讀我的**文章**！

　　還好，我寫的東西真的說服了大家，他們把**平靜**還給了我們，從此以後再也沒有老鼠問我，或者問她任何不合適的問題了。

　　幾**天**，幾個**星期**過去了，一直到有一天……

驚喜在這兒呢！

你們想知道事情的結局嗎？

你們很**好奇**吧，對嗎？

我現在就跟你們講：

骷髏城堡的花園被宣布為**國家公園**，受老鼠島環境部保護。

至於多愁嘛……

儘管發生了所有這些事情，我們還一直都是**好朋友**。

現在你們聽着……

那天晚上，我的電話響了。已經非常晚了……**午夜**時分！

我正在睡覺（這是當然的了，因為已經是

午夜了），嘴裏嘟噥着：「喂，我是史提頓，謝利連摩‧史提頓。請問是哪位？」

是多愁，她**非常激動**地大喊説：

「小乖乖！我有最新的消息要告訴你！」

我很驚訝：「真的嗎？」

她接着説：「我現在就告訴你……

1. 我昨天和我的侄女心慌慌去**看戲**……

2. 有一場新的非常有意思的演出，一場音樂**劇**……

3. 我們很**開心**，一直在笑……

4. 坐在我旁邊的男鼠也笑得津津有味……

5. 我就仔細**看看**他……

6. 他很**可愛**……

7. 他很有趣……

8. 我對他**笑笑**……

9. 他也對我笑笑……

10. 總之就是……我戀愛啦！」

　　她總結說：「總之就是，我對那隻男鼠一見鍾情，是命運讓他坐在我的身邊！我很喜歡他，因為他靦腆，膽小，有文化……就像你一樣！他還不知道我們很快就會訂婚啦，但是我已經決定一輩子跟他生活在一起了，因為我們是天作之合！我已經訂製了最新款的婚紗，肯定非常漂亮。現在不跟你說了，小乖乖，我得趕快去做請柬了……」

　　我興奮地說：

「你戀愛啦？太棒啦！我真為你高興！」

她感謝我說：「謝謝你謝利連摩。到這個時候我才明白你真的對我很好……對於我來說，你永遠是真摯的朋友。」

我們又接着聊，從沒有如此親密，時間飛一樣過去，一直到天上的星星漸漸消失，月亮把位置讓給了太陽，黎明為妙鼠城的天空籠罩上粉色的微光。

這個時候我們才飽含真摯的情意互相道別，回到各自的生活當中。

多愁·黑暗鼠新的一天，新的生活……我認識的最與眾不同的女鼠。

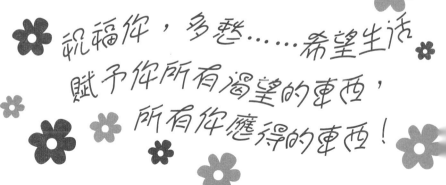

祝福你，多愁……希望生活賦予你所有渴望的東西，所有你應得的東西！

啊，順便說一下，我後來了解到多愁新的「未婚夫」是一個，應該說是一隻非常不錯的老鼠，而且確實跟我相像，應該說非常像：他是一隻像我一樣**有文化**的老鼠……像我一樣**靦腆**……像我一樣**膽小**……像我一樣**感情豐富**……

這就是為什麼多愁會這麼喜歡他了！

以**謝利連摩·史提頓**的名字擔保！

妙鼠城

1. 工業區
2. 乳酪工廠
3. 機場
4. 電視廣播塔
5. 乳酪市場
6. 魚市場
7. 市政廳
8. 古堡
9. 妙鼠岬
10. 火車站
11. 商業中心
12. 戲院
13. 健身中心
14. 音樂廳
15. 唱歌石廣場
16. 劇場
17. 大酒店
18. 醫院
19. 植物公園
20. 跛腳跳蚤雜貨店
21. 停車場
22. 現代藝術博物館
23. 大學
24. 《老鼠日報》大樓
25. 《鼠民公報》大樓
26. 賴皮的家
27. 時裝區
28. 餐館
29. 環境保護中心
30. 海事處
31. 圓形競技場
32. 高爾夫球場
33. 游泳池
34. 網球場
35. 遊樂場
36. 謝利連摩的家
37. 古玩區
38. 書店
39. 船塢
40. 菲的家
41. 避風塘
42. 燈塔
43. 自由鼠像
44. 史奎克的辦公室

老鼠島

1. 大冰湖
2. 毛結冰山
3. 滑溜溜冰川
4. 鼠皮疙瘩山
5. 鼠基斯坦
6. 鼠坦尼亞
7. 吸血鬼山
8. 鐵板鼠火山
9. 硫磺湖
10. 貓止步關
11. 醉酒峯
12. 黑森林
13. 吸血鬼谷
14. 發冷山
15. 黑影關
16. 吝嗇鼠城堡
17. 自然保護公園
18. 拉斯鼠維加斯海岸
19. 化石森林
20. 小鼠湖
21. 中鼠湖
22. 大鼠湖
23. 諾比奧拉乳酪峯
24. 肯尼貓城堡
25. 巨杉山谷
26. 梵提娜乳酪泉
27. 硫磺沼澤
28. 間歇泉
29. 田鼠谷
30. 瘋鼠谷
31. 蚊子沼澤
32. 史卓奇諾乳酪城堡
33. 鼠哈拉沙漠
34. 喘氣駱駝綠洲
35. 第一山
36. 熱帶叢林
37. 蚊子谷

《鼠民公報》大樓

1. 正門
2. 印刷部（印刷圖書和報紙的地方）
3. 會計部
4. 編輯部（編輯、美術設計和繪圖人員工作的地方）
5. 謝利連摩‧史提頓的辦公室
6. 直升機坪

老鼠記者

1. 預言鼠的神祕手稿
在鼠蘭克福書展上，正當著名出版商謝利連摩滿以為即將成功奪得出版權時，神祕手稿卻不見了！

2. 古堡鬼鼠
謝利連摩的表弟賴皮為了尋找身世之謎，不惜冒險來到陰森恐怖的鼠托夫古堡。出名膽小如鼠的謝利連摩也被迫跟着去了。

3. 神勇鼠智勝海盜貓
謝利連摩、菲、賴皮和班哲文被海盜貓捉住了，他們能死裏逃生嗎？

4. 我為鼠狂
謝利連摩為了夢中情人，拜訪神祕的女術士，路上他最害怕的探險之旅，還發現了世界第八大奇跡……

5. 蒙娜麗鼠事件
《蒙娜麗鼠》名畫背後竟然隱藏着另一幅畫！畫中更藏着妙鼠城的大秘密！謝利連摩走遍妙鼠城，能否把謎底揭開呢？

6. 綠寶石眼之謎
謝利連摩的妹妹菲得到了一張標有「綠寶石眼」埋藏位置的藏寶圖。謝利連摩、菲、賴皮和班哲文駕着「幸運淑女」號出發尋寶了。

7. 鼠膽神威
謝利連摩被迫參加「鼠膽神威」求生訓練課程，嚴厲的導師要他和其他四隻老鼠學員在熱帶叢林裏接受不同的挑戰呢！

8. 猛鬼貓城堡
肯尼貓貴族的城堡內竟然出現老鼠骷髏骨、斷爪貓鬼魂、木乃伊、女巫和吸血鬼……難道這個城堡真的那麼猛鬼嗎？

9. 地鐵幽靈貓
妙鼠城地鐵站被幽靈貓襲擊，全城萬分驚恐！地鐵隧道內有貓爪印、濃縮貓尿……這一切能證實有幽靈貓嗎？

10. 喜瑪拉雅山雪怪
謝利連摩接到發明家伏特教授的求救電話後，馬上拉攏菲、賴皮和班哲文去喜瑪拉雅山營救他。

11. 奪面雙鼠
謝利連摩被冒充了！那隻鼠大膽的把《鼠民公報》也賣掉了。班哲文想出了奇謀妙計，迫賴皮男扮女裝去對付幕後主謀。

12. 乳酪金字塔的魔咒
乳酪金字塔內為什麼會發出噁心的氣味？埃及文化專家飛沫鼠教授在金字塔內暈倒了，難道傳說中的金字塔魔咒應驗了？

13. 雪地狂野之旅
謝利連摩被迫要到氣溫達零下40度的鼠基斯坦去旅行！他要與言語不通的當地鼠溝通，也要坐當地鼠駕駛的瘋狂雪橇。

14. 奪寶奇鼠
沉沒了的「金皮號」大帆船裏藏有13顆大鑽石，謝利連摩一家要出海尋寶啦！麗萍姑媽竟然可找到意想不到的寶物啊！

15. 逢凶化吉的假期
謝利連摩竟然參加旅行團到波多貓各旅行！可是這次旅行，一切都貨不對辦！他更要玩一連串的刺激活動呢！

16. 老鼠也瘋狂
謝利連摩聘請了畢粉紅為助理後，瘋狂的事情接連發生，連一向喜歡傳統品味的他，也在衣着上大變身呢！難道他瘋了嗎？

17. 開心鼠歡樂假期
《小題大作！》附送的遊戲特刊很具創意啊！謝利連摩的假期，就是和畢粉紅整隊童軍擠在破爛酒店裏玩特刊介紹的遊戲！

18. 吝嗇鼠城堡
吝嗇鼠城堡的堡主守財奴，邀請了一大堆親朋來到城堡參加他的兒子荷包鼠的婚禮！堡主待客之道就是「節儉」！

19. 瘋鼠大挑戰
膽小的謝利連摩被迫參加瘋鼠大挑戰，在高速飛奔中完成驚險特技。誰也想不到，最後的冠軍竟然是……

20. 黑暗鼠家族的秘密
謝利連摩去拜訪骷髏頭城堡裏的黑暗鼠家族，在那裏遇上一連串靈異事件。最終，他竟然發現這個家族最隱蔽的秘密……

21. 鬼島探寶
謝利連摩一家前往海盜羣島度假，無意中發現了藏寶圖，歷經一番驚險的探索，他們發現財寶所有者竟然有史提頓家族血統！

22. 失落的紅寶之火
謝利連摩深入亞馬遜叢林尋找神秘的紅寶石，他發現有一夥破壞森林的偷伐者也在尋找那顆寶石……

23. 萬聖節狂嘩
10月31日是老鼠世界的萬聖節,在恐怖的節日晚會上,謝利連摩不得不忍受無休止的惡作劇和成羣結隊的女巫、魔法師、幽靈、吸血鬼……

24. 玩轉鼠鼠馬拉松
冰火城馬拉松不僅路途遙遠,還有沙暴、冰雪、地震和洪水等各種危險,甚至突然闖出一隻殺氣騰騰的惡貓!

25. 好心鼠的快樂聖誕
謝利連摩度過了最糟糕的聖誕節,早已準備好的聖誕派對落空了,謝利連摩一向樂於助鼠,他身邊的老鼠會怎樣幫助他呢?

26. 尋找失落的史提頓
從一封奇怪的信件,展開一段英國尋根之旅,從而揭發串連乳酪失竊事件,憑着謝利連摩的機智,能奪回散失的乳酪嗎?

27. 紳士鼠的野蠻表弟
真是天方夜譚!性格狂妄自大、自私自利、行為野蠻無禮的賴皮此次竟然獲頒「傑出老鼠獎」!究竟一隻如此野蠻的老鼠為什麼會得獎?

28. 牛仔鼠勇闖西部
謝利連摩手無寸鐵,但目睹西部的居民長期受到黑槍手們的壓迫,毅然與邪惡、兇殘的槍手首領黑夜鼠決鬥,結果……

29. 足球鼠狂奪冠軍盃
冠軍盃總決賽要在妙鼠城舉行,謝利連摩被迫代替失蹤的足球隊長去參加比賽,從未踢過足球的他會把這場球賽搞成什麼樣子呢?

30. 狂鼠報業大戰
一夜之間,《咆哮老鼠》席捲妙鼠城,一向暢銷的《鼠民公報》面臨前所未有的危機,究竟謝利連摩能否力挽狂瀾,保住報業大亨的寶座?

31. 單身鼠尋愛大冒險
一次浪漫美妙的南海旅行,一場突如其來的海難,謝利連摩的愛情之旅將會發生怎樣的驚險奇遇?他又會找到自己的心上人嗎?

32. 十億元六合鼠彩票
謝利連摩中了六合鼠彩票!但怎麼發財的卻是賴皮?賴皮成了大富翁後變得親錢如命,謝利連摩怎樣才能讓他明白親情和友情的重要呢?

33. 環保鼠闖澳洲
一向討厭旅行的謝利連摩被一對風風火火的雙胞胎兄妹架着坐上飛機,飛往古老而陌生的澳洲,他們會經歷一次怎樣的冒險之旅呢?!

34. 迷失的骨頭谷
迷失的骨頭谷竟然深藏着神秘而巨大的寶藏,史提頓家族又去沙漠戈壁尋寶啦!經歷一連串的災難之後,他們發現深藏的寶藏竟然是……

35. 沙漠壯鼠訓練營
被「綁架」的謝利連摩參加了「100公里撒哈拉」賽事,細皮嫩肉的他能避過沙漠裏一連串的風暴、蠍子、奎蛇的襲擊平安歸來嗎?

36. 怪味火山的祕密
大規模的降雪使妙鼠城陷入絕境,為了挽救倡老鼠島,謝利連摩和史奎克踏上了怪味火山探秘之旅。是誰製造了這起空前的災難呢?

37. 當害羞鼠遇上黑暗鼠
為了逃避火熱的追求,謝利連摩參加了跨越吉力馬扎羅的旅程。他能否甩掉煩人的糾纏,成功登上非洲的最頂峯呢?

38. 小丑鼠搞鬼神秘公園
一封神秘的請帖,邀請謝利連摩一家及妙鼠城的鼠參加神秘公園的萬聖節嘉年華,一切免費。真的是一切免費?還是有一個大陰謀正在等待着他們呢?

39. 滑雪鼠的非常聖誕
白色聖誕變成醫院聖誕?病鼠謝利連摩要做手術?有很多、很多、很多折斷的骨頭的謝利連摩,要怎樣度過這個前所未有的難關?

40. 甜蜜鼠至愛情人節
謝利連摩碰上最倒霉的情人節!他不但跌傷了情人節計劃更一個接一個泡湯,謝利連摩不禁悲縱橫。這時, 隻甜蜜的女牛仔鼠出現了……

41. 歌唱鼠追蹤海盜車
謝利連摩和史奎克深入港口偵查,他們在一輛宿營車上發現了一個來自貓島的恐怖集團!難道他們就是傳說中的「音樂海盜」?

42. 金牌鼠勇戰奧運會
來自老鼠拉多維亞的選手奪走了奧運會上所有個人賽事的金牌,但並不參加任團隊性質比賽!究竟是什麼原因呢?

43. 超級十鼠勇闖鼠谷
妙鼠城出現了數以百萬計的假乳酪,鼠民吃後頭痛、嘔心、還長藍瘡子和綠痘痘。超級十鼠和謝利連摩、史奎克展開了秘密調查,發現了一個大陰謀……

44. 下水道巨鼠臭味奇驟
一股難聞的臭味入侵了妙鼠城,鼠民們紛紛超低的價格出售自己的房子。為了弄清謎團,謝利連摩和史奎克又踏上了新的冒險旅程。

45. 文化鼠巧取空手道

謝利連摩參加了世界空手道錦標賽,面對強壯對手的進攻,他會用什麼秘密絕招取勝呢?

47. 陰險鼠的幽靈計劃

大事不好啦!妙鼠城大酒店出現了幽靈,所有的客人都被嚇跑了……幽靈真的存在嗎?大酒店會因此被迫關閉嗎?

49. 生態鼠拯救大白鯨

謝利連摩和柏蒂到海邊度假,他們發現了一條擱淺的大白鯨!拯救行動如何進行呢?

51. 無名木乃伊

妙鼠城埃及博物館裏到處充斥着低沉的嗥叫聲、讓人窒息的灰塵,一個神秘的無名木乃伊在遊蕩,嚇走了所有參觀的老鼠……他到底是誰呢?

53. 特工鼠零零K

從垃圾堆滾下來、掉進下水道、被關進貯藏室……每次遇到危險,謝利連摩總能轉危為安。究竟誰在幫助他?會是特工鼠零零K嗎?

55. 湖水消失之謎

當謝利連摩試着把一個印地安捕夢網掛在家裏時,竟然摔下來昏倒了……一場奇妙的印第安冒險由此開始!

57. 特工鼠智勝魅影鼠

鑲有巨大鑽石的超級鼠獎盃,價值連城。可是,竟然有鼠想盜竊它,並打算把它賣給海盜貓。為了追查這個神秘的小偷,謝利連摩被迫與爺爺組隊參加高爾夫球比賽……

59. 運動鼠挑戰雪車賽

謝利連摩被迫參加了「橫越美國挑戰賽」,這是世界上最富挑戰的極限運動之一!賽程中困難重重,謝利連摩要怎樣才能堅持到最後呢?

61. 活力鼠智救「海之瞳」

謝利連摩最最幸運的時刻到了!海盜島的潛水課上,他竟意外發現價值連城的海洋珍珠——「海之瞳」,而危險也悄然逼近……

63. 黑暗鼠黑夜呼救

一個月黑風高的深夜,謝利連摩被爺爺反鎖在辦公室創作讓鼠害怕的恐怖書,正當謝利連摩一籌莫展之時,黑暗鼠多愁正好向謝利連摩發來黑夜求救信號……

46. 藍色鼠詭計打造黃金城

妙鼠城收到威脅,如果交不出一千噸黃金將遭海嘯災難!謝利連摩和史奎克深入大洋深處偵查,撞入了陰險鼠藍色皇帝布下的羅網中……

48. 英雄鼠揚威大瀑布

謝利連摩為救落水鼠,在尼加拉瓜大瀑布裏勇鬥激流!不熟水性的他能成功救鼠嗎?

50. 重返吝嗇鼠城堡

謝利連摩和家鼠們回到吝嗇鼠城堡參加葬禮,這次迎接他們的,除了堡主守財鼠一貫的超級「節儉」,還有一個關於葬禮的大秘密、一場突如其來的愛情……

52. 工作狂鼠聖誕大變身

一個精靈告訴謝利連摩,聖誕老人要見他,而聖誕老人呢?他竟然委託謝利連摩負責玩具工廠的事務,還委託他將聖誕玩具送給全世界的小孩子們……還,這究竟是怎麼回事?

54. 甜品鼠偷畫大追蹤

一幅古畫,隱藏着一個關於提拉米蘇的大秘密!倒霉的謝利連摩和怪招連連的史奎克,會經歷一次怎樣的破案歷險呢?

56. 超級鼠改造計劃

從撒哈拉沙漠到北極,從熱帶雨林到岩洞,謝利連摩經歷了一系列驚心動魄的冒險,不能填飽肚子、無法安穩睡覺,生命安全沒有保障……究竟發生了什麼怪事?

58. 成就非凡鼠家族

膽小又害羞的謝利連摩受邀參加班哲文學校的「職業日」了!這可是一次提升謝利連摩家族聲譽、一次證明自己不是軟乳酪的絕好機會……無論如何,這次只能成功,不許失敗!

60. 貓島秘密來信

不可思議,謝利連摩要參加摔角比賽了,並且是在貓島舉行的摔角比賽!好在,他僅僅是作為比賽的獎品,而不是參賽者。不過,還藏了去更令鼠恐怖!

62. 黑暗鼠恐怖事件簿

黑暗鼠家族遭到毒蛇鼠女公爵及其下人的恐怖襲擊,面對毒蛇鼠們的侵襲與女公爵持有的「骷髏城堡出賣合約」,謝利連摩和多愁該如何應對?

親愛的鼠迷朋友，
下次再見！

謝利連摩·史提頓

Geronimo Stilton